石牟礼道子全句集

泣きなが原

新装版

藤原書店

石牟礼道子全句集　泣きながら原〈新装版〉

目次

石牟礼道子全句集

泣きながら原

〈新装版〉

写真・市毛　實

祈るべき天とおもえど天の病む

山しゃくやく
盲《めしひ》や　われの
花あかり

天

道行のえにしは
まぼろし深くして
一期の闇の中なりし

道子詩経

山の上に黒牛どのと石ひとつ

九重《くじゅう》にてひいふうみいよ珠あざみ

角裂けしけもの歩みくるみぞおちを

死におくれ死におくれして彼岸花

祈るべき天とおもえど天の病む

三界の火宅も秋ぞ霧の道

いずくなる境ぞここは紅葉谷

繊《せん》月《げつ》のひかり地上は秋の虫

銀杏《いちょう》舞い楓舞うなり生死《しょうじ》の野

死化粧嫋《じょう》々《じょう》として山すすき

まだ来ぬ雪や　ひとり情死行

落ち衣《ぎぬ》は銀杏のなかへ谷の暮れ

九重連山月明連れて双《そう》の蝶

天崖の藤ひらきおり微《み》妙《みょう》音《おん》

藤揺るる迦《か》陵《りょう》頻《びん》伽《が》の泉かな

天《てん》日《じつ》のふるえや衣《きぬ》のみ舞い落ちぬ

けし一輪かざして連れゆく白い象を

水子谷夕焼け　山ん婆が髪洗う

にんげんはもういやふくろうと居る

樹液のぼる空の洞《うろ》より蛇の虹

樹の中の鬼《おに》目を醒ませ指先に

離《り》人《じん》症《しょう》の鬼連れてゆく逢《おう》魔《ま》ヶ原

そこゆけば逢魔ヶ原ぞ　姫ふりかえれ

鬼女ひとりいて後むき　彼岸花

ふくろうのための彼岸花夜さり摘む

薄《すすき》原《はら》分けて舟来るひとつ目姫乗せて

誰やらん櫛さしてゆく薄月夜

前の世のわれかもしれず薄野にて

闇の中のものら華やぐ萩の風

月明のひがん花森に似て地下《ちか》の宴《えん》

人間になりそこね　神も朝帰る

髪揺るるはたての夜明けひろがりつ

天のはたてを舟ゆくすすき九《く》重《じゅう》原《ばる》

紅葉《もみじ》嵐《あらし》天の奥《おく》処《が》もいま昏るる

霧の中に日《にち》輪《りん》やどる虚《こ》空《くう》悲《ひ》母《ぼ》

椿落ちて狂女がつくる泥仏

ふるさとは桃の蕾ぞ出《しゅっ》魂《こん》儀《ぎ》

ひとつ目の月のぼり尾花ヶ原ふぶき

わが酔えば花のようなる雪月夜

さくらさくらわが不知火はひかり凪

いかならむ命の色や花狂い

句集縁起（句集『天』編集後記）

天籟俳句会　穴井太

一九七一年（昭和四十六年）、筑豊に住む作家、上野英信氏の勧めにより、小さな俳句グループにしては破天荒な文学学校「天籟塾」を開設した。講師陣は、それこそ詩経でいう〈発発として活活たる〉陣容であった。「中国の旅」を河野信子氏、「里の精神」を前田俊彦氏、「歌のわかれ」を松下竜一氏、「世界を歩いて」を今は亡き岡村昭彦氏、そして「流民の都」を石牟礼道子氏が語り、天籟塾の総括として「にせものとほんもの」を上野英信氏が講じた。

今から思うと全く夢のような出来事であった。いったいなぜ俳句の会が、そうした塾を開いたのかは一口で言い難い。が、俳句という詩型は、想いの果ての、むしろ沈黙を造型するという文学形式であるため、より豊かなものをひたすら求めて来た。それゆえに恩寵の如く、神は最も想いの深き思想家ともいえる人々をもたらした、と思っている。

一九七三年（昭和四十八年）八月一日、夕餉の折、なにげなく新聞の学芸欄をのぞくと、

祈るべき天とおもえど天の病む　石牟礼道子

メーンカットで俳句が据えられているではないか。石牟礼さんは天籟塾の縁で、とうとう俳句を書きだした、と思った。見出しは「深い孤独だけを道づれに――水俣・不知火の海の犠牲者たち・時経て生者の中によみがえる」とあった。

原稿は約八枚に及ぶもので、水俣病犠牲者たちの、くらやみに棄て去られた魂への鎮魂の文章であった。〈地中海のほとりが、ギリシャ古代国家の遺跡であるのと相似て、水俣・不知火の海と空は、現代国家の滅亡の端緒の地として、紺碧の色をいよいよ深くする。たぶんそして、地中海よりは、不知火・有明のほとりは、よりやさしくかれんなたたずまいにちがいない。〉

さらに〈そのような意味で、知られなかった東洋の僻村の不知火・有明の海と空の青さをいまこのときに見出して、霊感のおののきを感じるひとびとは、空とか海とか歴史とか、神々などというものは、どこにでもこのようにして、ついいましがたまで在ったのだということに気付くにちがいない。〉と書いていた。

〈神々などというものは――ついいましがたまで在った――〉という石牟礼道子さんの想いの果てが、やがて断念という万斛の想いを秘めながら、

祈るべき天とおもえど天の病む

へ結晶していった。

この作品については『現代詩手帖』八二年一月号の、「往復書簡　谷川俊太郎・大岡信　水府逍遥　4」で〈きみも知ってると思う、北九州から出てる「天籟通信」、二〇〇号記念号が送られてきた。――穴井太氏の編集後記に録された石牟礼道子さんの一句に心を打たれた。「祈るべき天とおもえど天の病む」一九八一年十一月三日・文化の日とやら言う日　谷川俊太郎〉とあるように、石牟礼道子俳句はひとり歩きを始めた。

それにしても、俳句がそういうかたちで知られてゆくことは、おそらく石牟礼さんの本意ではないかも知れぬ。想い屈したとき、ふかい溜息のように一句を紡ぎ、紡ぐことによってわずかに己を宥める、まるで己の遺書のごとくに、句を紡ぐようにみえ

るのだ。というのも〈祈るべき〉の作品の前後に

死におくれ死におくれして彼岸花

三界の火宅も秋ぞ霧の道

などの句を成していた。

それは九重の飯田高原に、たまたま同行した折に示された作品の一部である。つまり、石牟礼道子さんの三界は、すでに神は病み、むしろ神は不在ではなかろうかという不知火の海や空に、いたく落胆しての九重行であった。不思議なことに、そのとき高原は深い霧につつまれて、一寸先も分からぬ無明の闇と化していた。裸足になって歩き出した石牟礼さんを、泣きながら原のお地蔵さんが、しきりに手招きしていたようだ。その折の句が

死に化粧嫋々として山すすき

まだ来ぬ雪や　ひとり情死行

であった。そのころのことをしきりに想いながら、石牟礼道子句集を編んだ。

なお装幀装画は、私の友人で無所属の画家・久住賢二氏にお願いした。また印刷造本について、数カ月にわたりわがままを通していただいた天地堂印刷の唯井薫氏にもお礼を申したい。

一九八六年三月

あとがき（句集『天』初本）

石牟礼道子

この夏まったくだしぬけに、穴井太氏がお見えになり、大にこにこで仰有った。

「もう道子さん、お覚悟召されよ。あなたがいくらイヤじゃとおっしゃっても、句集を出すことを決定いたしました。イヤとおっしゃってもお出しするのです。これ、このとおりです」

見ればわたしが不覚にも、あちこち落としたり、こぼしたりして歩いた、妙なぐあいの句が拾いあつめられて、きちんと清書されているではないか。

そういえば何年前だか、お手紙を書いた覚えがある。

「天という言葉が好きです」と。その先にひょっとして、「句集でもつくるあかつきには、天、といたします」と書いたのではあるまいかしら。

どうも覚つかないが、おそれ気もなく呟いたのではないか。あとのまつりである。未知の画家さんはそのため、ひときわ酷暑の夏を、ご苦心なさったとのこと。ことの進行を少しも知らなかった。立派な絵と並べられてまことに羞しい。

俳壇の人間でもなく、時としてひょろりと出てくるものに句集と名づけるのもおこがましい。超ミニのこんなものがよそおいだけ仕立て下しを着せてもらって、世間の片隅に出てゆくのが、恐縮やら恨めしいやら、九重高原のはしっこの、ひともとの芒のようになって、おじぎをするばかりである。

一九八五年十一月五日

天日《てんじつ》のふるえや空蟬《うつせみ》のなかの洞《うろ》

玄《げん》郷《きょう》

夕山の声なく銀杏散る天に地に

いまも魔のようなもの生む谿《たに》の霧

原郷またまぼろしならむ祭笛

笛の音すわが玄郷の彼方より

のぞけばまだ現世《うつしよ》ならむか天の洞《うろ》

さあれ燎原《りょうげん》のおもむきなりや苔の花

長崎図絵めくれば神狐《しんこ》も花簪《はなかんざし》

水村紀行

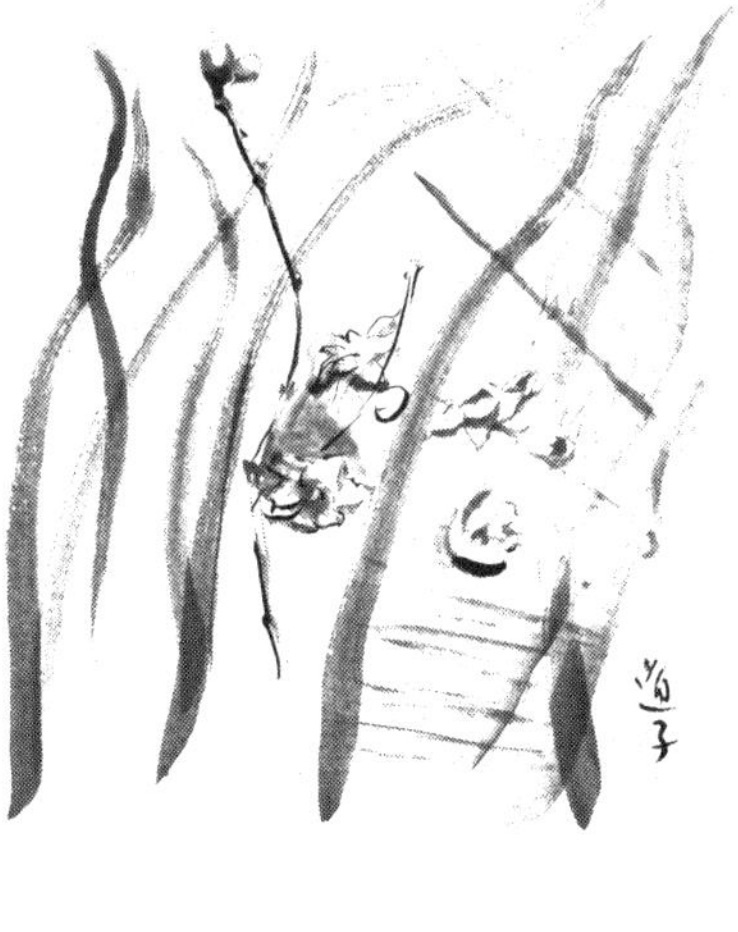

二〇〇〇年夏

水底《みなそこ》は洞《うろ》のあたりや紅ほおずき

ことばなきは豊けし幾億の昔来る

二〇〇〇年秋

お蚕《こ》たちの雨乞い今も湖《うな》底《ぞこ》にて

いず方やらん鐘ひびく湖《うみ》あぶら照り

二〇〇一年冬

ダムの底の川盲《めし》いいてとろとろと

川土手はなめとられたり花幽霊

二〇〇一年春

花びらの湖面や空に何か満つ

花びらも蝶も猫の相手して

二〇〇一年夏

水死人の髪に睡蓮夢さまざま

水子らの花つみ唄や母恋し

二〇〇一年秋

骨ゆがむ国の一隅にて片目っぽ

青い罌《け》粟《し》まなうらにふるえ睡《ねむ》りけり

二〇〇二年冬

湖底より仰ぐ神楽の袖ひらひら

白蛇の渡るダム湖や龍の夢

二〇〇二年春

盲《めくら》杖《づえ》　媼《おうな》がひとり花ふぶき

天の胎《はら》　割《さけ》つつ　黄《あめ》牛《うし》の角一本

一〇〇二年夏

紅殻を脱ぎし蟹《かに》死《し》人《にん》さまに逢う

肉《にく》食《じき》といえどすき透る蟹の爪

 水村紀行

二〇〇二年秋

野薔薇しおれ気付けに焼酎たらしおり

水底に田の跡ありき蓮華草

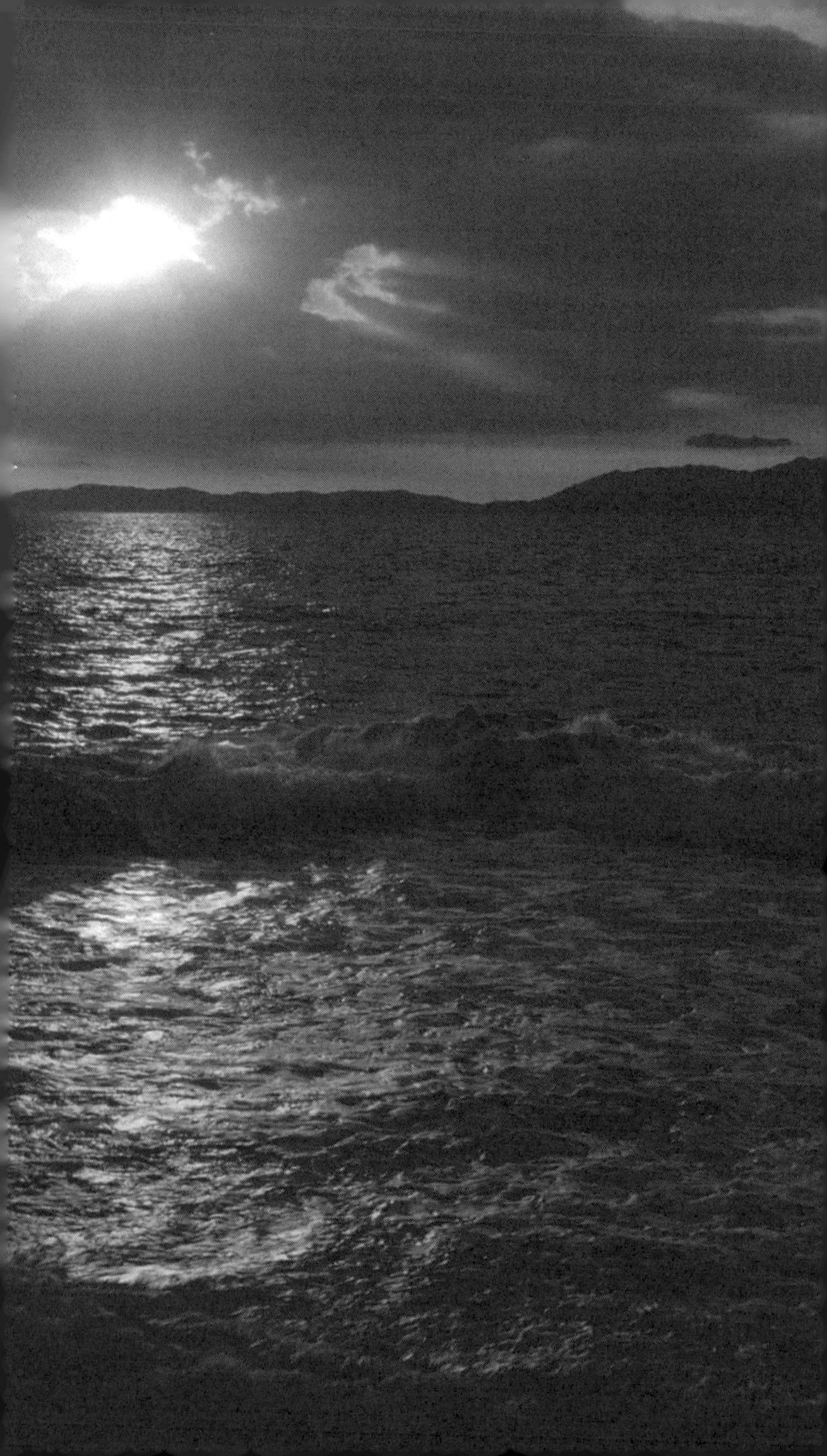

二〇〇三年冬

湖に沈みし春やぼけの花

花びらの水脈《みお》越えてゆく蛇の子が

さきがけて魔界の奥のさくらかな

二〇〇三年春

わが湖《うみ》の破魔鏡《はまきょう》爆裂す劣化ウランとか

月影や水底はむかし祭りにて

二〇〇三年夏

童《わら》んべの神々うたう水の声

二〇〇三年秋

卵焼き匂わせ亡《ぼう》弟《てい》がくる嵐

ポケットに含羞を入れ逝きしかな

二〇〇四年冬

坂道をゆく夢亡母《はは》とはだしにて

地《つち》の記憶あしのうらに来るなれど

女《め》童《わらわ》や花恋う声が今際《いまわ》にて

二〇〇四年春

花ふぶき生死《しょうじ》のはては知らざりき

二〇〇四年夏

台風の下《した》蔭《かげ》なりし蓮二輪

するすると葉《は》裏《うら》原初へ還るなり

無の声というを見しかな木の葉舞う

二〇〇四年秋

ささくれて折れし木の声ここに落つ

三《さん》途《ず》の川まちがえ渡り逆三里

二〇〇五年冬

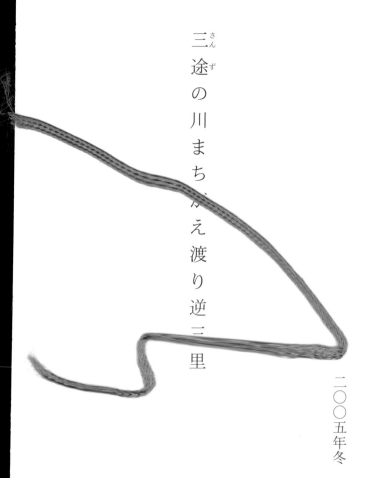

流星のはたてを巻きて花《はな》渚《なぎさ》

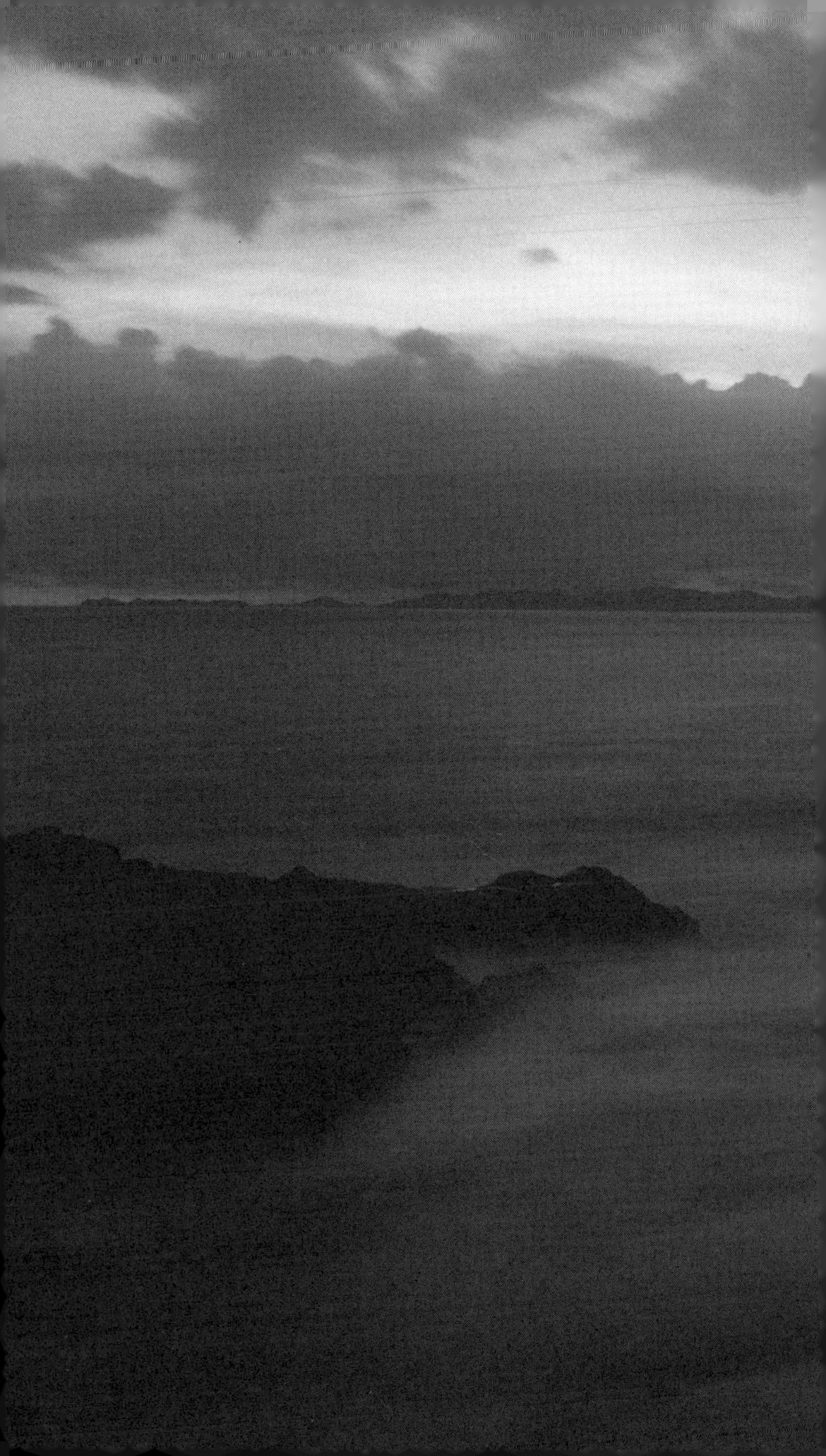

傘のしずく無我ならずして春の雨

二〇〇五年春

頰に伝う菜種の雨や特攻兵

天の川いまも童男童女にて

二〇〇五年夏

川筋にそひて千代紙はためけり

二〇〇五年秋

ひがん花　棚田の空の炎上す

酷暑さらに波野《なみの》を越えて国《くに》境《ざかい》

二〇〇六年冬

いつの世の花ぞ雪やみて冬の紅《くれなゐ》

寒波来て大切ななにか　持ち去らる

花の精去りて後追うふぶきかな

二〇〇六年春

たれもその齢《よわい》をしらず花の朝

月落ちて地底の太鼓ひびきくる

二〇〇六年夏

歳月や流砂の下の灯りかな

二〇〇六年秋

往時茫々かなたの野辺の捨て児かな

うつせみの殻にやどりし夢あわれ

二〇〇七年春

臘梅の身じろぐほどや冬陽ざし

冬空を抱いてしだるる梅一樹《いちじゅ》

天変地異寒《かん》夜《や》にふぶく桜かな

二〇〇七年春

素《す》裸《はだか》のみみずよ地割れの太鼓鳴る

梅雨の間と思へば空よりしずくかな

二〇〇七年夏

地の涯へ雨ゆくらしや母恋し

月明や樹の影ただいま着替え中

二〇〇七年秋

能なしの細胞ら生まるとぞ赤い月

二〇〇八年冬

うつし世の傷口いえず冬の稲妻

稲妻やいつひらきたる夜の梅

　水村紀行

二〇〇八年春

椿落ちて満潮の海息低し

立春の空くろぐろと牡丹雪

家出せし猫が子連れで帰り来ぬ

二〇〇八年夏

猫たちと絆浅からず梅雨の夜

われを待つ木の下闇の蛍かな

二〇〇八年秋

亡《ぼう》魂《こん》とおもふ蛍と道行きす

 水村紀行

二〇〇九年冬

またひとつ断念したたり冬椿

遠き日の棚田よすっぽんも棲まわせて

わらべ歌うたえばそぞろに母恋し

二〇〇九年春

悲しみも慈光のごとく母逝けり

幾世経しかなしみぞ谷合いの古き湖《うみ》

二〇〇九年夏

一本足連れてゆき来す湖《うみ》の底

魂の飛ぶ狐ら大地を踏みはずし

二〇〇九年秋

ひまわりがわらいはじめて狐の時刻くる

大《おお》樟《くす》は羊《し》歯《だ》の宿り木　天の際

二〇一〇年冬

間違えて地獄にいます老天使

天上へゆく草道や虫の声

二〇一〇年春

存在の闇深くして椿落つ

ハゼの子ら豊葦原の葉にねむる

二〇一〇年夏

稲の花かほる地平や朝の霧

二〇一〇年秋

わが耳のねむれる貝に春の潮

潮の満ちくる海底へゆくねむりかな

土竜《もぐら》にも夢ありまならうらに花の一輪

二〇一一年冬

蓮池のへりにて土竜の穴止まる

二〇一一年春

生《なま》皮《かわ》の裂けし古木に花蕾

列島の深傷《ふかで》あらわにうすき月夜

二〇一一年夏

毒死列島身悶えしつつ野辺の花

前の世にて逢はむ君かも花ふぶき

二〇一一年秋

闇の中草の小径は花あかり

来世にて逢はむ君かも花御飯《まんま》

あてどなき仙女《せんにょ》やふるさとは雲の上

二〇一二年冬

冬の地《つち》なぜ香るのか水仙花

二〇一二年春

山ん姥が髪洗う渓《たに》瓜《うり》ン子《こ》が来て覗く

「瓜ン子」は猪の幼い名。

極微のものら幾億往きし草の径《みち》

二〇一二年夏

死者たちの原に風車　からからから　から

睡蓮や地表の耳となりにけり

月影や水底の墓見えざりき

二〇一二年秋

花れんげ一輪きざみ残夢童女とや

うなだれて向日葵らみなねむりいし

二〇一三年冬

月明の晨《あさ》起《おき》や若き犬の声

二〇一三年春

今は行方不明ぞ蟻の影

天上に棲み替えて蛙らの声やよし

田の畦や切り株枯ちて百花りょうらん

二〇一三年夏

われひとり闇を抱きて悶絶す

二〇一三年秋

わが生は川のごときか薄《うす》月《づき》夜《よ》

雲の影うつろう先に水仙花

ころころ雲間の田んぼ蛙啼く

二〇一四年春

おもかげや泣きながが原の夕茜

二〇一四年夏

村も里もつきて母なる灯りかな

ポケットで育ちし神の仔猫なり

二〇一四年秋

老猫のいびきふところにあり夢や何色

死にゆくは誰ぞ猫たちが野辺の送りする

二〇一五年冬

色の足りぬ虹かかる渡るべきか否か

三途の川へ行く道遠く今日も暮れけり

向きあえば仏もわれもひとりかな

二〇一五年春

花びらの吐息匂いくる指先に

道子

毒死列島身悶えしつつ野辺の花

まだ見ぬ
鬼待てば
すすき原
月あかり

一九八四・十二・五、
色川先生より
たのまれて色紙
おくる、

〈補〉 創作ノートより

菜の花の照りや今生《こんじょう》の日ぐれかな

まだ死猫《しびょう》ならざるまなこ星ひとつ

死ぬ猫のかがめば闇の動くなり

背中の毛ぞよぞよさせる猫看とる

（一九七〇年一一月三日）

この春をまた遺書よりも生きのびし
（一九七一年五月二七日）

葦の風やめばわがうちの秘《ひ》弦《げん》鳴る

胡弓灯《とも》り月が弾かるる春夜《しゅんや》かな

首なしの地蔵らゆけり草月夜

（一九七一年）

今生《こんじょう》の別れして化生《けしょう》の闇に入る
（一九七二年一月二四日）

はにかみててのひら振りしが死出《しで》の旅

死装束《しにしょうぞく》銀杏が似合う昏れの谷

草原の松優しくてくびれけり

（一九七三年）

岩窟の中に秘湖《ひこ》ありて春の雪

春の雪天女は崖でおままごと

彦《ひこ》山《さん》の姫しゃらほそ腰に金の帯

満開の辛《こ》夷《ぶし》しゃらしゃらと嵐呼ぶ

（一九八〇年）

お化けたちと遊びたけれど誰も来ぬ

何を探すか忘れて人形の足吊ってみる

鬼よりもわたしが笑うやまもも酒《しゅ》

山ん姥が髪洗う谷瓜《うり》坊《ぼう》が来て覗く

生まれそこないの言葉石蹴りにして遊ぶ

どこやらに目っかちの神いて樹々おどる

わが内に鬼来て妖魔らも遊ばしむ

闇の中のものらはしゃぐ秋の風

（一九八一年）

雲の上に綾《あや》蝶《はびら》舞い雷鳴す

樹の中の鬼目醒めおり指先に

人間になりそこね神は朝帰る

藤の房しゃらしゃらひらく崖の天

藤ゆれてかの空何の賑わいぞ

妖魔らが華やぐ宵や萩の風

わが干支《えと》は魚《うお》花みみず猫その他

黒猫の老婆よりおいしい魚《うお》を食べ

猫のいびき聞きながら桃の花まつり

ぜったいに名句できるまじ魚《うお》の年

（一九八四年）

夢の中で祖母と母とがうたう唄
（一九八八年）

わがうちに季語もねむれり虚空という鏡
（一九八九年八月）

むかし魔のようなもの生めり霧の谿《たに》
（一九九二年一一月）

愛らしや今年も生きて桃の花

梅の香やいづれの世にぞ目ざめける
（一九九二年）

思いはてなくねむりしや霏《ひ》々《ひ》と春の雪
（一九九三年）

空の奥の奥までかがやく銀杏かな

わらんべの神々うたう水の声

（一九九八年）

空のすみまでふるえて虹の青一絃《いちげん》

水底にのびる草の根あらんかな

（二〇〇四年一月一日）

夢の中の菖蒲牡丹のごときかな

（二〇〇八年）

この春にあうや虫らも花の闇

日輪も椿も曼陀羅　野《の》はまろし

あとがき

俳句は若い頃作ったことがなかった。上野英信さんのお引き合せで、北九州の俳人穴井太さんと知り合い、穴井さんのお母さんの経営なさる筋湯の温泉宿に泊りに行ったりして、九重高原、特に「泣きなが原」という薄《すすき》原の幽邃な美しさに魅入られたのが、俳句を作るきっかけになった。穴井さん主宰の俳誌に出稿しているうち、穴井さんが私の知らぬ間に『天』という句集を作って下さった。英信さんも穴井さんももう故人となってしまわれた。

藤原書店の雑誌『環』に毎号二句ずつのせていただくので、句作は何となく続いているが、もともと独り言、蟹の吐くあぶくのようなもので、自分のことを俳人などとは露《つゆ》思ったことがない。若い頃は短歌を作っていたけれど、俳句の方が性に合っていたようだ。というのはふっと湧くイメージを書きとどめるとすむからだと思う。ふつうの人からすると、いささか気がおかしい人間の頭に湧くイメージだから、俳句になっているのかどうか知らない。そんなものを集めて『全句集』を作って下さる藤原良雄さんにはただ感謝あるのみである。

二〇一五年三月二六日

石牟礼道子

解説

一行の力

黒田杏子

それは二〇一五年二月七日(土)。東京神田一ッ橋の学士会館で「藤原書店二五周年」記念の講演会と祝賀パーティが開催された日のことでした。講演の部には韓国の詩人高銀氏が登壇されました。この方の詩集などはすでに持っていたのですが、私は壇上でいきいきとユーモアをこめて潑溂と語られる姿にはじめて接し、詩人高銀という人間の存在に圧倒されていました。受付で高銀氏と石牟礼道子氏が三日間にわたって熊本の石牟礼さんの仕事場で対話され『詩魂』というお二人の魂の交歓がまとめられた一冊を求めて、パーティ会場の一隅で読みはじめたところ、どうしても途中で止めることが出来ず、気がつくと読了していました。

高銀先生にご署名も頂いたその本を抱え、高銀先生と藤原社長を囲む二次会にも参加しました。山の上ホテル地下の「モンカーブ」。ここで私は藤原さんに申上げていました。

「石牟礼さんの全句集を出して下さい。句集『天』はまぼろしの名句集となっていて、現在、私たちの手には入りません。いま句集『天』を読みたい人は大勢います。それに御社の季刊『環』に毎号発表されている石牟礼さんの俳句もまとめて読みたいです。全集も完結したのですから、ぜひ石牟礼さんの全句集を急いで刊行お願いします」

「分った。すすめよう」

二日後、お電話をいただきました。

「石牟礼さんの了解をいただきました。解説の方よろしくたのみます」

『石牟礼道子全集　不知火』（全一七巻、別巻一）はもち論購入しています。すでに単行本で読んでいた作品も多いのですが、どの巻も読み出すととまらなくなります。

私は『椿の海の記』と『食べごしらえ　おままごと』を俳句を作る若い人たちにすすめています。どんな入門書よりいいと思います。俳句作者として生きてゆこうとする人にとって、この二冊は必読書です。

この全句集に私の解説など不要なのではないかと考えながら、私は高銀・石牟礼両氏の対話『詩魂』をふたたび手にとり、読みはじめました。刊行は二〇一五年一月三十日となっていますが、よく見ますと、この対話は二〇〇五年、いまからなんと十年前に行われたものであることに気付きました。

おふたりの対話を以下に抄出させて頂きます。全句集のどんな解説にもまさる内容と思います。

ミナマタは終わっていない

高　今朝、ホテルで、たまたま新聞を読んでいると、ある水俣病患者のインタビュー記事が載っていました。最近の最高裁判所の話でしたが、読みながら、石牟礼先生が一九六九年に『苦海浄土』を出して、世の中に知らせたり、闘ってきたことは、もう何十年も前のことなのに、まだまったく過去のことではない、現在に続いている、ということが実感できました。時間としては現在のことであり、また空間としても、熊本だけのことではなく、日本全体、世界全体のことだ、ということを感じます。

石牟礼　来年〔二〇〇六年〕で水俣病が公式に確認されてから五十年になります。すでに三分の一ぐらいの方たちは亡くなったのではないでしょうか。むごい死に方でした。戦争ではありませんが、これは虐殺です。逆に重症の方でまだ生き残って、苦しんでいる方もおられますし、それから症状の軽い方はまだたくさん隠れています。

患者さんは、まだぞろぞろ出てくる可能性があります。

患者さんたちは、大変孤独な闘いをなさってきました。私たちも微力ながら加勢をして参りましたが、皆、本当に疲れ果てているんです。しかし、生き残りの患者さんたちの中に、「企業がつくりだした罪だけれども、企業がその罪を意識しないのならば、その罪をすべて私たちが担いましょう」とおっしゃる方々がいます。体に実際に苦痛があるわけですから、それは単なる観念的な言葉ではありません。私も入っていますが、「本願の会」というグループで、月に一回、集まりをしています。

これは、「文明の発展」ではなく「文明の罪」です。これまで人間が長年かけてつくりあげてきた文明は、結局、金儲けのための文明でしかないようです。いま日本では、金儲けが最高の倫理になっておりますが、それをふり捨てて、もっと人間らしい、人間の魂の絆を大切にする倫理を立て直さなければ、いまの文明の勢いを止めることはできません。

そのなかで海はたったひとつ残った原初です。しかし、その海もただならぬ汚染に曝されて、核廃棄物の残骸まで日本海にあるようなありさまですから、この文明の行く末というものを、人類がよほど考えなくてはなりません。

現代人が喪失した言葉と感覚

石牟礼　とくに詩人や文学者に責任があると思います。この物質至上主義の世の中で、おめおめと自分の名声を保つためにではなく、もっと人間のために、ひとりの人間の気持ちに立ち返らなければなりません。

私は渚で育ちましたから、水俣に帰りますと、よく渚に行きます。そうすると、生命は海から来た、ということをありありと実感します。渚には潮を吸って生きている植物が生えています。根を潮の中に入れて、潮を吸って生きている木や草がいっぱいあって、そして潮が引いて、干潟が出てくると、無数の生命たちが呼吸をして、にぎわっている。そういう渚の気配がいたします。そこへ立つと、生命はもっと復活しなければいけないと、いつも思います。都市化した人間たちは、それを感得できなくなっている。現代人は退化しています。

（略）

「愛する」という自分との闘い

石牟礼　憎み返さないというのは自分との闘いだ、と患者さんたちはおっしゃっています。決して憎悪がないわけではありません。しかし、それを抑えて、嫌いになっていた自分の村をもう一度愛しなおす。ですから闘いなんです。自分との闘い、そういうことが起きています。

高　この世で一番難しいのは、「愛する」ということではないでしょうか。

石牟礼　憎まないということですね。

高　それは簡単にはできないことです。

（略）

高　〔ともかく、いまの世を生きて〕言語だけで耐えていけるのか、と絶望することがあります。しかし、同じ言語で、人を感動させることもできるのであって、それができれば、文学のまた新しい生命を確認することにもなるでしょう。

石牟礼　私も非常に絶望が深いです。何のために書いているんだろう、何のために生きているんだろう、と若い時から思っていましたが、絶望はむしろさらに深くなっていきます。

＊　＊　＊

高銀氏との対話を通じて、このたびの全句集の作者、詩人であり作家である石牟礼道子という人の行動と思想が実に具体的に語られているとおもいます。

さて、ここで作品に戻ってみたいと思います。句集『天』の成り立ちについては、穴井太氏の文章がすべてを語って下さっています。わずか四〇句ほどの作品を収めた句集が、一九八六（昭和六十一）年にこの国の心ある人々に大きな衝撃を与え、静かに話題を集めたことを私はいまもありありと思い出します。

ここで、個人的な体験を記させて頂くことをお許し願いたいと思います。

一九六〇年の夏休み、私は大学生セツルメントのメンバーの一員として、福岡県大牟田市の三井三池の第一組合の炭鉱住宅で過ごしました。東京女子大心理学科三年の夏休み。慶應義塾大学史学科三年「平和の会」の中野利子さんも一緒でした。ちなみに彼女は中野好夫先生の一人娘。私たちは第一組合の子供たちと行動していたのですが、炭住での共同生活は食事・入浴・休息すべてに規律があり、きびきびと一日が進行します。とりわけ飾らず率直で働き者のお母さん達の行動力、生活能力、チームワークの見事さに私は眼を見張りました。

夜は蚊帳を吊って寝るのですが、各大学からやってきた男子学生と共に、夕食のあとは毎晩、報告・反省会・討論があります。畳の間に輪になって坐り、利子さんも私も「団結」と朱く染め抜かれた手拭いで黒髪をまとめております。片膝を立てて左手の細い指に煙草をはさんでくゆらしながら発言している婀娜《あだ》な利子さんのモノクロ写真がごく最近出てきて、「カッコいい」と叫んでしまったほどです。反省会のあとは有明海に面した堤防のあたりに出て行って、炭鉱労働者の男性たちとロシア民謡や労働歌を合唱したりします。三十代半ばの実に立派な体格の男性が毎晩必ずほれぼれするようなバリトンでアリランを独唱。皆で拍手また拍手。

「またとない機会です。体に気をつけて行っていらっしゃい」と私の三井三池行きを許し、すすめてくれた母。栃木県の片田舎で俳句を作り、開業医の妻として夫を助け、家事に打ち込んでいた五十代の母に、私はこまめに手紙を書きました。今となれば、そんなささやかな一夏の体験があって、私は上野英信という人の名も知ったのです。さらに友人の写真家、『炭鉱〈ヤマ〉』で太陽賞も受賞の本橋成一さんの紹介で、「天籟通信」所属の山福康政さんと知り合い、彼の独特のレタリングによる名刺も作っていただき長年愛用しました。

さらに、句集『天』を世に出された穴井太先生にも、ずっとのちにＮＨＫの九州俳句大会に選者講師として伺った折、お目にかかっております。

「穴井です。黒田さんのことは金子兜太さんや暉峻康隆（桐雨）宗匠からも伺ってます」とわざわざごあいさつ下さったのです。文字通り快男児という印象のお方でした。

句集『天』には好きな句がいくつもあります。どの句にも奥行と拡がりがあって、歳月が経つほどにこの句集の魅力は増すばかりです。

私個人にとっては、

祈るべき天とおもえど天の病む

さくらさくらわが不知火はひかり凪

この二句がとりわけ心に沁みます。

どちらも時空を経て、いよいよ石牟礼道子という人の俳句。他の人には詠めない作品という独自の存在感を強めてきています。

「祈るべき」の句については、穴井先生の「句集縁起」にもくわしく記されています。

私は、「ひかり凪」の句の力に年を重ねるほどに圧倒され、「気」を授けられています。

「さくらさくら」と詠《うた》いだすやさしさ。慈愛の深さ。「わが不知火は」と置かれた中七の存在感。人はみなそれぞれにふるさと・産土の地・原郷を持っています。しかし、石牟礼道子という詩人は、作家は、いやこの行動的思索者が、「わが不知火は」と書いたとき、そこにこめられた言霊の勁《つよ》さはどんな俳人も及ばないものです。そして座五の「ひかり凪」。歳月にさらされてこれ以上の絶唱はないと思われます。

またまた個人的な話で恐縮ですが、私は大学卒業・広告会社に就職と同時に俳句と訣別しました。しかし、三十歳を目前にして、俳句を生涯の表現手段ときめて句作に復帰しました。石牟礼さん達が東京のチッソ本社前で一年七カ月もの長期にわたる坐りこみを決行しておられる姿をなすすべもなく、無力感にとらわれ、うしろめたい気持で眺めつつ、毎日仕事でタクシーを乗り廻していた頃のことです。

句作に立ち戻ったのち、三十歳から「日本列島櫻花巡礼」と名付けた単独行を発心、スタート。勤め人ながら二十八年かけて満行を見ました。この「ひかり凪」の句に出合えたとき、すでに私は四十代の後半に入っており、瀬戸内寂聴師の招きで、寂庵嵯《さ》峨《が》野《の》僧《さん》伽《が》で月一回の「あんず句会」がスタートした時期でした。

ともかくこの一句を、お守りとも杖ともして、そののちの約十年、家人以外には誰にも告げることなく、俳句修行者として、沖縄から北海道までこの列島の満開の櫻にまみえる「行」を重ねることが出来ました。この句は私にとって、特別の一行でした。

七十六歳の現在も、この句をくちずさむと涙ぐましくなります。

そしてさらにこのたび奇蹟が起りました。私は句集『天』は所持しておりませんでした。ある新聞社の文化部の記者の方にこの句集を数日だけ貸して頂き、「祈るべき」の句について短い鑑賞文をその新聞に書いたのでした。

しかし、なんと現在、句集『天』は私の手許にあるのです。この幻の名句集は昨日熊本市から東京本郷の私の家に郵送で届きました。送り主は磯あけみさん。今や伝説的なカフェ兼酒場であり、あらゆる人々を迎え、闘いと交流の場となっていた店「カリガリ」のマダム。その昔、石牟礼さんが発行人、松浦豊敏・渡辺京二両氏が編集人であった雑誌『暗河《くらごう》』。磯あけみは、私の父方の従兄の娘で、松浦豊敏氏の妻。父の生家は、栃木県の旧那須郡南那須村にあり、あけみさんもこの村で生れています。そして、何十年ぶりに私達が再会したのは東京・丸の内での谷川健一先生のお別れ会の席。ついこの間のことです。石牟礼道子という方は、人と人をつなぐ格別な霊力のある女性なのだと思ったことでした。

ずい分横道にそれてしまいました。

「高銀 vs 石牟礼」対談につづいて、どうしてもこの全句集を手にされる方々にお読み頂きたいもう一つの対談集があります。

ご存じ、上野千鶴子さんが『ニッポンが変わる、女が変える』と題して、三・一一以後の日本をめぐって一二人の女性と徹底対談を重ねた労作。そのラストバッターとして石牟礼さん登場です。（二〇一三年十月十日　中央公論新社刊）

上野　石牟礼さんにお会いして、どうしてもご自身の口からお聞きしたかったことがあります。三・一一のときに何を感じられたのかということです。

石牟礼　あとが大変だ、水俣のようになっていくに違いないって、すぐそう思いました。その日は、私の誕生日でございました。

上野　まあ、八十四歳になられたとき？

石牟礼　はい。私は要介護度が四で、一週間に三回、訪問看護師さんが来てくださるんですが、その日も小さな籠に野の花を摘んでお祝いに来てくださったんです。「今日は何の日かご存じですか」と聞かれまして、誕生日なんて忘れていましたから、「何の日でしょう」って。世間では何かあるのかとテレビをつけましたら津波の映像。そして津波なのに都市が燃えていた。

上野　気仙沼がそうでしたね。

石牟礼　息もせずに、それをみんなで見つめて、なんという日だろうと思っていると、「今日は石牟礼さんの誕生日ですよ」と言われました。こんなにびっくりしたことは生涯ないです。（略）

上野　三・一一は最初は地震と津波でしたが、そのあとの原発事故を知ったときはどう思われました？

石牟礼　また水俣のように、人々の潜在意識には残るけれども、口に出さない状況になると思いましたね。（略）

上野　水俣と同じことが福島でも起こる、と。

石牟礼　起こるでしょう。「また棄《す》てるのか」と思いました。この国は塵芥のように人間を棄てる。役に立たなくなった人たちもまだ役に立つ人たちも、棄てることを最初から勘定に入れている。役に立たない人っていないですよね。ものは言えなくても、手がかなわなくても、そこにいるだけで人には意味がある。なのに「棄却」なんて言葉で、棄てるんです。

上野　人間がやることは、この先もあんまりよくなる可能性はないですか。

石牟礼　あまりない。いや、いいこともあります。人間にも草にも花が咲く。徒花《あだばな》もありますけど。小さな雑草の花でもいいんです。花が咲く。花を咲かせて、自然に返って、次の世代に花の香りを残して。そうやって、繋いでいく。魂があることを、そういうことのために人間はいつの世からか自覚したんです。そんなふうに思いますね。

上野　人間はたいしたもんじゃないと思うけど、今、花が咲くっておっしゃったとおり、石牟礼さんの書くものには、生きてることのいじらしさが、切々と書かれてありますね。

石牟礼　いじらしいですね。よくぞおっしゃってくださいました。私としては自分の考えに取り憑かれて遊んできた……、と思ってます。やり損なったとは思います。

上野　え、何を？

石牟礼　すべてやりたいことを。遊ぶこともやり損ねた。一番やり損なったのは、理想的な社会というのを考えているのにこれを描き出すことも、そこで遊ぶことも完壁にはいかなかったな。

上野　できる人いませんよ（笑）。

石牟礼　アハハハ。でしょうね。

上野　うん。できたらどんなにいいでしょうね。

石牟礼　できたらどんなにいいでしょうね。

上野　石牟礼さんが書き記してくださったっていうことがありがたいです。私たちがそれを受け取りますから。

（二〇一三年三月五日収録）

ところで、この全句集のタイトル、「泣きながが原」を詠まれた句が〈水村紀行〉の章に収められています。二〇一四年春の句です。

おもかげや泣きなが原の夕茜

「泣きなが原」は、石牟礼さんがこの世でいちばん好きな地名であり、かの「祈るべき天とおもえど天の病む」の句もここで詠まれた、という文章を読んだ記憶があります。

〈水村紀行〉には、二〇一一年の三・一一が八十四歳の誕生日でもあったという石牟礼さんの作品も並んでいます。「毒死列島」の句は二〇一一年の夏に発表されています。

最後に私にとって忘れられない時間、夢のような光景との一期一会の遭遇体験を記したいと思います。

二〇一三年七月三十一日。それは「山百合忌」という鶴見和子さんを偲び、語り、学び合う恒例の集いの席。この年に石牟礼さんが熊本から東京駿河台の山の上ホテルに介護の女性と共に登場、参加されたのです。三回忌ののちは毎年藤原書店の主催ですが、参加者は平等に会費を払って、毎年日本中から自主的に集まるのです。この日は美智子皇后もご出席。石牟礼さんは皇后と同じ円卓に並んで着かれました。鶴見和子さんについての石牟礼さんのおもい出話は見事なものでした。そしてふたりのミチコさんは実に和やかにたのしそうに話され、昼食をご一緒にとられたのです。例年のことで、私は司会席におりまして、すこし離れた位置からおふたりの様子を拝見していたのですが、感動いたしました。浄福とも言うべき豊かな時間でした。

『石牟礼道子全句集　泣きながが原』が日本国内にとどまらず、この地球上の俳句とＨＡＩＫＵを愛する数多くの人々に読まれることを信じ期待して、つたない「解説」の筆を擱かせて頂きます。

二〇一五年五月一〇日

初出一覧

天　（四一句）　句集『天』天籟俳句会　穴井太、一九八六年五月一日発行。

玄《げん》郷《きょう》　（七句）　『同心』二八号、一九九〇年十二月二十日。

水村紀行　（一一八句）　学芸総合誌・季刊『環』第二一―六一号、二〇〇〇年七月―二〇一五年五月に連載。

〈補〉創作ノートより　（四七句）　（創作時期を本文中に記載。但し、記載していないのは創作時期が不明なもの）

著者紹介

石牟礼道子（いしむれ・みちこ）

1927年、熊本県天草郡に生れる。詩人。作家。2018年歿。1969年に公刊された『苦海浄土』は、水俣病事件を描いた作品として注目され、第1回大宅壮一ノンフィクション賞となるが、辞退。1973年マグサイサイ賞、1993年『十六夜橋』で紫式部文学賞、2001年度朝日賞を受賞する。2002年度は『はにかみの国——石牟礼道子全詩集』で芸術選奨文部科学大臣賞を受賞。2002年から、初作品新作能「不知火」が、東京・熊本・水俣で上演される。石牟礼道子の世界を描いた映像作品「海霊の宮」（2006年）、「花の億土へ」（2013年）がある。

『石牟礼道子全集　不知火』（全17巻・別巻1）が2004年4月から刊行され、10年の歳月をかけて2014年5月完結する。この間に『石牟礼道子・詩文コレクション』（全7巻）が刊行される。『苦海浄土』は、第1部「苦海浄土」、第2部「神々の村」、第3部「天の魚」を1冊にした『苦海浄土 全3部』が2016年に刊行。『葭の渚——石牟礼道子自伝』『不知火おとめ』『石牟礼道子全句集 泣きなが原』（俳句四季大賞）他、作品多数。

石牟礼道子全句集《いしむれみちこぜんくしゅう》　泣《な》きなが原《はら》〈新装版〉

2015年5月30日　初版第1刷発行
2024年4月30日　新装版第1刷発行©

著　者　石牟礼道子
発行者　藤原良雄
発行所　株式会社 藤原書店

〒162-0041　東京都新宿区早稲田鶴巻町523
電　話　03（5272）0301
FAX　03（5272）0450
振　替　00160-4-17013
info@fujiwara-shoten.co.jp

印刷・製本　中央精版印刷

Printed in Japan
ISBN978-4-86578-422-0